Quelqu'un

Quelqu'un

Christine Nöstlinger
Janosch

traduit de l'allemand par Genia Català

LA JOIE DE LIRE

Il était une fois quelqu'un
qui n'avait rien ni personne.

Il n’avait ni père, ni mère, ni frère, ni sœur, il n’avait pas d’ami et pas de femme non plus.
Il n’avait pas de maison, pas de lit, pas de table, pas de porte-monnaie, pas de livres et pas de parapluie.
Il n’avait même pas de nom.
Quand les gens parlaient de lui, ils disaient : « Voilà quelqu’un qui vient » ou « Il y a quelqu’un qui veut un morceau de pain », « Il y a quelqu’un qui gèle sous la pluie » ou « Il y a quelqu’un qui dort en plein jour dans l’herbe », « Quelqu’un a volé des œufs » ou « Quelqu’un passe devant la maison ».
Si on lui demandait comment il s’appelait, ce qui arrivait rarement, il disait : « Oh, je suis juste quelqu’un. »

Là où il revenait le plus souvent,
les enfants le saluaient sur la route :
« Bonjour, monsieur Quelqu'un ! »
Ils lui couraient après et lui
demandaient : « Monsieur
Quelqu'un, donne-nous quelque
chose ! »
Quelqu'un fouillait les poches de
son pantalon déformé et de sa
veste déchirée. Il les retournait et
montrait aux enfants qu'elles étaient
vides. Mais quand les enfants
insistaient, Quelqu'un regardait
autour de lui et trouvait toujours
quelque chose à leur offrir :
une plume d'oiseau, mouchetée
et chatoyante, accrochée à une
branche,

un caillou lisse et brillant dans la poussière du chemin,
un morceau de racine qui faisait penser à un vieil homme,
un tesson de verre qui étincelait de toutes les couleurs de l'arc-en-ciel,
une coquille d'œuf bleu clair et tachetée de brun, tombée d'un nid,
un bouton de laiton doré qui luisait près du mur d'une maison,
un os blanc comme neige délavé par le soleil,
ou une merveilleuse fleur de pissenlit.

Les enfants étaient toujours heureux de voir arriver Quelqu'un. Ce n'était pas le cas des adultes ; ils craignaient pour leurs œufs.

Quelqu'un aimait le soleil qui tape, le ciel bleu, l'herbe odorante, les arbres en fleurs. Il suivait l'été, de frontière en frontière.
Ce qu'il préférait, c'était être très loin au sud, au bord de la mer, parce que les étés y étaient longs et chauds et les hivers, quand on avait de la chance, sans trop de pluie ni de neige. Quelqu'un n'aimait pas l'hiver. Quand on n'a ni maison, ni lit, ni poêle, on ne trouve pas si belle que ça la neige étincelante et blanche. Et quand on n'a ni père, ni ami, ni femme, on a froid et on frissonne sous la pluie.

Quelqu'un voyait du pays, et il donnait un nom à chaque pays. Dobar-dan, était le pays où les enfants le saluait d'un « dobar dan ». Et quand les enfants criaient « kali mera », il savait qu'il avait passé la frontière du pays des Kali-mériens. Pour lui il y avait aussi le pays du Bon-jour et celui du Buenos-dias. Il savait bien – il n'était pas idiot – que les autres gens appelaient ces pays Croatie, Grèce, France ou Espagne. Mais il trouvait ses noms inventés beaucoup plus beaux. Et comme ce n'était pas quelqu'un qui se préoccupait de ce que les autres pouvaient penser, il s'en tenait à ses propres noms.

Un jour qu'il faisait de nouveau particulièrement chaud, au sud, et que le soleil avait séché et brûlé l'herbe, Quelqu'un pensa, au pays du Guten-tag, l'air doit commencer à se réchauffer.
Il se mit en route. Il marcha plusieurs jours. Quand il croisait un passant, il lui disait « kali mera » ; puis il dit « dobar dan », se réjouissant de pouvoir dire bientôt « guten tag ».
Cette année-là, au pays du Guten-tag, l'été se faisait attendre. Il avait neigé et plu tard dans le printemps. Les cerises, qui auraient dû être mûres depuis longtemps, pendaient aux branches, encore petites et vertes.

La terre était froide et on ne pouvait toujours pas se baigner dans les lacs.

Mais le froid était particulièrement vif dans les montagnes que Quelqu'un traversa. Il n'avait jamais eu froid à ce point. Lorsqu'il descendit dans la plaine, au pays du Guten-tag, il avait le nez rouge, les yeux brûlants et il claquait des dents. Il tenait à peine sur ses jambes et un poids lui oppressait la poitrine.

Quelqu'un avança aussi longtemps que ses jambes flageolantes le portèrent ; mais il n'alla pas loin. Ayant trouvé une grange, il rampa et se nicha dans le foin. Avant de s'endormir, il pensa, demain matin je me sentirai sûrement mieux.

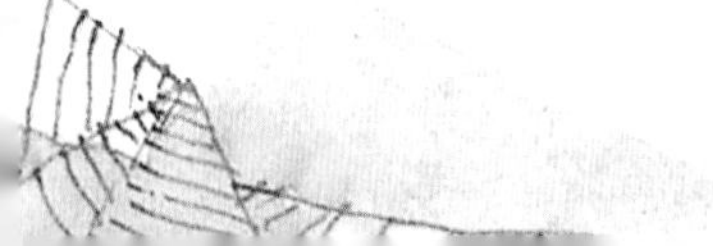

Mais ce ne fut pas le cas, Quelqu'un avait une pneumonie. Il ne le savait pas, parce qu'aucun médecin n'était là pour le lui dire. Quoi qu'il en soit, il ne pouvait pas se relever. La sueur dégoulinait de son nez et le foin collait à son corps transi. Sa peau était brûlante, et pourtant il se sentait gelé.

C'est ainsi que le trouva un jeune homme rondouillard qui avait choisi de passer la nuit dans la grange. Il s'était couché, avait roulé sa veste pour en faire un oreiller, et posé sa tête dessus. Il allait s'endormir quand il entendit Quelqu'un gémir. Tout d'abord, il s'effraya. Comme il croyait un peu aux fantômes, ce gémissement le glaça. Il se mit à trembler de tous ses membres.

Puis Quelqu'un toussa. Le jeune rondouillard n'avait encore jamais entendu parler de fantômes qui toussent. Il rassembla son courage, alluma sa lampe de poche et se mit à chercher dans le foin. C'est alors qu'il découvrit Quelqu'un.
Il lui prit le pouls. Ce qu'il compta ne lui dit rien de bon. Il décida

d'amener Quelqu'un au prochain village et de le laisser chez un médecin.
Il le chargea sur ses épaules.
Ce ne fut pas facile. Quelqu'un était plutôt grand et le jeune homme était du genre petit. De toute façon il était déjà très fatigué. Sous cette charge inhabituelle il s'épuisa vite.
Il avait à peine parcouru la moitié du chemin qu'il n'en pouvait plus.
« Mais qu'est-ce que je vais faire ? », gémit-il.
Il remarqua alors, pas loin de la route, une maisonnette aux fenêtres éclairées. Traînant Quelqu'un jusqu'à la maison, il le déposa devant la porte et frappa quelques coups. Dès qu'il entendit des bruits de pas, il s'enfuit.

Dans cette maison vivait une jeune femme ronde comme une citrouille. Elle habitait toute seule. Quand elle entendit frapper à sa porte, elle alla ouvrir. Comme elle regardait droit devant elle, tout d'abord elle ne vit personne. Elle allait refermer la porte, quand elle découvrit Quelqu'un sur le sol.

La femme ronde était également bonne et intelligente. Elle comprit aussitôt que Quelqu'un avait besoin d'aide. Dieu soit loué, elle était non seulement ronde, mais forte ! Elle porta Quelqu'un à l'intérieur, le coucha dans son lit large et douillet, et lui retira ses vêtements.

Pendant bien des nuits, la femme ronde ne put dormir, et le jour elle ne put vaquer à ses tâches

habituelles. Elle lui appliquait des cataplasmes sur la poitrine, lui enveloppait les pieds de compresses de vinaigre. Elle lui frottait la poitrine avec de l'huile d'anis chaude et recouvrait son ventre d'un emplâtre de farine de moutarde. Toutes les dix minutes, elle lui donnait à prendre une cuillerée de tisane de peuplier.

Elle essuyait son front trempé de sueur et lui mettait des compresses tièdes sur le cou.

Après neuf jours et neuf nuits, la femme ronde comme une toupie avait gagné la bataille. Quelqu'un n'était plus aussi brûlant et son souffle était régulier. Cependant, il restait faible, même très faible.
La femme ronde lui dit : « Reste ici jusqu'à ce que tu aies retrouvé tes forces. Il faut que tu manges beaucoup, que tu dormes longtemps, et tu seras solide à nouveau. »
Ça me va, pensa Quelqu'un.
Il est vrai qu'il flageolait encore sur ses jambes, mais surtout il aimait beaucoup la femme ronde.

Elle sentait bon, sa peau était lisse et chaude. Et Quelqu'un trouvait ses cheveux très beaux. Et puis son nez. Et ses yeux. Et sa bouche. Quand la femme ronde, dans sa robe à fleurs et son tablier blanc, se tenait devant la cuisinière, préparant le café ou faisant frire des beignets, Quelqu'un ne se lassait pas de la regarder. C'est dire à quel point la femme ronde lui plaisait. Mais elle lui plaisait encore plus quand elle était nue. Le soir, quand elle avait fini de s'activer dans la maison, elle se déshabillait et se glissait près de lui dans le lit doux et chaud. Quelqu'un posait ses doigts sur la peau douce et lisse de la femme. Il sentait d'abord le bout de ses doigts se réchauffer,

puis d'un coup c'est tout son corps qui se remplissait de la chaleur de la femme ronde. Pour lui, ces nuits étaient encore plus belles que les journées qu'il passait couché au bord de la mer, le dos brûlé par le soleil.
Bien qu'il eût retrouvé ses forces depuis longtemps, Quelqu'un resta auprès de la femme ronde tout l'été. Il y avait une vigne près de la maison. Un jour, Quelqu'un remarqua que les raisins étaient mûrs. Il devint nerveux. Une semaine plus tard, quand les feuilles virèrent au jaune et au rouge, il fut encore plus inquiet. Mais quand il ne vit plus aucune hirondelle sur les fils électriques, il fut au comble de l'inquiétude.

Une nuit, incapable de dormir, il se tournait, se retournait. La femme ronde, qu'il bousculait à chaque fois, finit par se réveiller. « Mais qu'as-tu donc ? » demanda-t-elle.
Quelqu'un lui dit : « Avec tout ce que j'ai mangé, bu et dormi... j'ai repris beaucoup de forces... je ne crois pas que je puisse devenir plus fort que ça. »
La femme ronde ne répondit rien. Elle avait compris que Quelqu'un voulait partir. Elle resta longtemps éveillée à côté de lui. Elle finit par s'endormir.
Quelqu'un, lui, ne dormait pas.
Il resta couché sans bouger pour ne pas réveiller la femme ronde. Il pensait à la mer, aux oliviers.

Il pensait aux grands bateaux, aux petits nuages. Bien que sa main fût posée sur la peau de la femme ronde, et que la peau de celle-ci fût toujours aussi lisse et chaude, Quelqu'un n'en sentait plus la chaleur, tant était grande sa nostalgie du ciel bleu et du soleil brûlant.
Lorsque la femme ronde se réveilla le lendemain matin, elle était seule dans le lit. Elle sut tout de suite que Quelqu'un était parti vers le sud. Cela ne l'empêcha pas de le chercher : au verger, à la cave, dans le grenier, au fond du jardin, dans la forêt derrière la maison.
Ne l'ayant trouvé nulle part, elle rentra, se recoucha et pleura.

Quelqu'un marcha vers le sud. Il ne regardait ni à gauche ni à droite. Il ne prit pas le temps d'observer les poissons dans

les ruisseaux. Il ne s'attarda pas à suivre des yeux les lièvres dans les champs. Il ne s'arrêta pas longtemps à chercher des œufs dans les meules de foin. Il marchait comme si quelqu'un le poursuivait. Il passa les montagnes par beau temps. Quand il eut les montagnes derrière lui, il soupira de soulagement et continua sa route plus tranquillement. Il n'avait plus le sentiment d'être poursuivi.

Un jour qu'il était étendu au bord de la mer, endormi, il rêva de la femme ronde comme une citrouille. Il rêva qu'il était assis avec elle, au bord de la mer, sa main sur sa peau. Celle-ci était merveilleusement lisse et chaude, et le soleil brillait de tous ses feux. Quel rêve merveilleux ! Tout en rêvant, Quelqu'un souriait. Mais au réveil, il ne se souvint plus de rien.

Quelqu'un chemina à travers plusieurs pays où le soleil brillait tous les jours. Il traversa de belles cités. Il passa devant de vieux châteaux. Il dormait la nuit dans des églises aux vitraux rougeoyants. Il aimait les églises dont les vitraux avaient beaucoup de rouge. Dès qu'il en découvrait une, il s'y glissait le soir. Après la bénédiction, le sacristain traversait l'église pour vérifier que tout soit en ordre. Quelqu'un se cachait entre les bancs, ou derrière l'autel, ou derrière un bouquet de fleurs. Il y a beaucoup de recoins où se cacher dans une église.
Le sacristain fermait la porte à clé et Quelqu'un avait la grande église pour lui tout seul. Tant qu'il faisait

jour, il regardait les images. Il y avait presque toujours des peintures au plafond. Parfois, quand il faisait sombre, Quelqu'un allumait un des nombreux cierges, se cherchait un psautier et chantait des hymnes pour lui tout seul.

C'était très beau.

Mais plus encore, c'était le matin qui était beau, au réveil, quand les premiers rayons du soleil traversaient les carreaux de verre.

Quand Quelqu'un avait de la chance, il y avait des arbres derrière les vitraux, et le vent soufflait.

Alors la lumière et l'ombre alternaient à l'intérieur de l'église.

Et si la lumière du soleil traversait les carreaux de verre rouge, elle s'empourprait. Elle sautait sur

les bancs, la table de l’autel, les tableaux, les statues. A certains instants tout était tacheté de pourpre, à d’autres il n’y avait plus que quelques points rouges, et soudain toute l’église s’enflammait. Quelqu’un contemplait cela jusqu’à ce que le sacristain ouvrît la porte. Il arrivait que ce dernier remarquât l’ombre de Quelqu’un sur le mur, ou l’entendît buter du pied sur le socle d’un banc. Il marmonnait : « Il y a quelqu’un ? »

Un jour Quelqu’un rencontra sur la route un cirque ambulant. Ce n’était pas un grand cirque. Le directeur n’avait pas de frac, ni de chapeau haut-de-forme. Il n’y avait pas non plus de lions, de

tigres ni d'ours blancs. Il n'y avait pas de cheval blanc qu'aurait pu monter la fille du directeur ; il n'y avait qu'une vieille carne grise qui tirait l'unique roulotte du cirque. Il n'y avait pas de dompteur non plus, ni de cochon qui pouvait compter, pas de trapéziste et pas de dauphin donnant des baisers. Il y avait en tout et pour tout le directeur du cirque qui présentait des tours de magie, sa femme qui cuisinait, récoltait l'argent et battait du tambour, sa fille qui pouvait faire la roue dix fois d'affilée, danser sur une corde et marcher sur les mains, et dont le nom de scène était Candida, la Princesse caoutchouc. Il y avait encore un vieil homme qui faisait toutes sortes de tours

en compagnie d'un singe, et un jeune homme qui dansait sur la corde avec Candida et jouait d'un harmonica qui n'était guère plus gros que la moitié d'une boîte d'allumettes.

Les gens du cirque invitèrent Quelqu'un à leur représentation du soir, puis à leur repas. C'est pourquoi Quelqu'un les suivit. La vieille jument grise allait devant, tirant la roulotte, pendant que Quelqu'un suivait derrière avec les gens du cirque. Quand ils arrivaient quelque part, le cheval s'arrêtait et la directrice du cirque courait sur la place du village en battant le tambour jusqu'à ce que tous les villageois soient attentifs. Alors elle

criait : « Spectacle sensationnel ! Candida, la Princesse caoutchouc ! Le singe le plus intelligent qui existe ! Le plus petit harmonica du monde ! Le meilleur magicien ! Venez ! Venez voir ! C'est un spectacle unique ! Epoustouflant ! »

Le soir, au moins dix adultes et trente enfants du village se retrouvaient dans le pré où la roulotte était installée. Ils s'asseyaient dans l'herbe.
La directrice du cirque passait avec un plateau et récoltait l'argent. Puis elle allait chercher son tambour, lançait quelques roulements et s'écriait : « Ça va commencer ! Place à la huitième merveille du monde ! »
Tout cela plaisait à Quelqu'un.

Aussi, quand le directeur lui demanda s'il voulait participer au spectacle comme clown, il accepta. La directrice lui passa du blanc sur le visage, lui maquilla la bouche en rouge vif, les yeux en noir charbon et lui fit enfiler un pantalon bien trop large et des souliers bien trop grands. Elle lui mit dans la main un minuscule violon et l'envoya sur le pré où la princesse Candida venait de terminer son numéro.
Quelqu'un fit une révérence au public. Mais il se prit les pieds dans son pantalon trop long et tomba. En se relevant, il perdit une de ses trop grandes chaussures. En plus, une de ses bretelles se défit et le pantalon lui glissa sous le ventre. Quelqu'un se hâta de s'asseoir pour

que le pantalon ne glisse pas plus bas. Il tenta de jouer du violon. Mais il ne sortit que quelques sons affreux. Quelqu'un jeta le violon, se releva d'un bond et courut vers la roulotte, tenant son pantalon des deux mains. Dans sa course, il perdit sa deuxième chaussure.

Les enfants et les adultes applaudirent à tout rompre. Les gens du cirque, enthousiastes, dirent à Quelqu'un qu'il faisait un clown merveilleux.

Après la représentation, Quelqu'un s'assit au milieu d'eux.

Le directeur et Candida évoquèrent le grand cirque magnifique qu'ils posséderaient un jour. Le vieil homme au singe parla du grand cirque magnifique qu'il avait eu autrefois, et l'homme au minuscule harmonica raconta qu'il aurait bientôt un harmonica encore plus minuscule et que les directeurs de grands cirques viendraient l'engager.

La directrice compta l'argent qu'elle avait récolté et se réjouit de voir qu'il y en avait assez pour une semaine de pain et de fromage.
Quelqu'un accompagna le cirque durant deux semaines.
Chaque soir, il fit le clown.
Mais il s'était si bien habitué qu'il ne perdait plus ses trop grandes chaussures et ne trébuchait plus sur son pantalon trop long. Et il avait si bien accordé son violon que le son était beau quand il passait l'archet sur les cordes.
Et plus personne ne riait, pas même les enfants.
Quelqu'un prit congé des gens du cirque et poursuivit seul son chemin.

Quelques jours plus tard, il fit la connaissance d'un vieux capitaine. Celui-ci possédait un petit cargo qu'il pilotait le long de la côte et d'une île à l'autre. Un jour, il chargeait son bateau de pêches mûres, un jour, d'huile ou de bois. Parfois il prenait pour un tour en mer des vacanciers qui voulaient mieux connaître la vie des marins.

Quelqu'un passa deux longues soirées avec le capitaine et celui-ci lui paya du vin rouge et des pizzas. Il lui raconta des histoires de pirates et de drogue passée en fraude. Quand ce fut l'heure de remonter à bord, le capitaine emmena Quelqu'un avec lui.
Quelqu'un se plut sur le bateau. Il aidait le cuisinier à peler les patates. Il aidait aussi un peu les matelots. Il récurait le sol de la cabine du capitaine et polissait les boutons en laiton de sa veste du dimanche. Mais la plupart du temps, il restait appuyé au bastingage à regarder la mer, le dos offert aux rayons du soleil. Le capitaine venait souvent s'asseoir près de lui et lui parlait de sa vie.

Quand Quelqu'un redescendit à terre, il faisait déjà très chaud au sud. C'était l'époque où Quelqu'un se disait, au pays du Guten-tag, il doit commencer à faire chaud. Aussi, comme tous les ans, Quelqu'un se mit en route pour le nord. Il marchait très lentement, et quand il fut près du pays des gens du Guten-tag, il s'arrêta pour de bon. Il se dit, cet été je vais rester dans le pays des gens du Dobar-dan. Il se dit, je vais me trouver des melons dans les champs, et des poivrons rouges et verts. Il se dit, je vais dormir dans les champs, parce qu'il fait chaud ici. Il se dit, je n'aurai pas besoin de pull ni de pantalon épais.

C'est ainsi que Quelqu'un resta au pays du Dobar-dan, et il s'y trouva bien. Il arriva que Quelqu'un, depuis plusieurs jours, n'eût rien mangé de convenable. Juste des melons, et ça ne rassasiait pas son homme. Il n'y avait rien à chaparder près des fermes. Les portails étaient fermés et, derrière, les chiens aboyaient. Quelqu'un vit bien quelques poules sur la route. Il en aurait volontiers attrapé et grillé une. Mais prendre la poule d'autrui vous apporte encore plus d'ennuis que prendre l'œuf d'autrui. Pour un œuf, aucun gendarme ne montera dans sa voiture à la poursuite du voleur. Mais pour une poule volée, ça peut arriver – si la fermière crie suffisamment.

Quelqu'un renonça donc au poulet grillé et quitta le village.
Il arriva près d'un ruisseau, un ruisseau large et profond.
Quelqu'un s'assit et contempla l'eau. Il vit soudain un très gros poisson. Le poisson ne nageait pas, il restait tout tranquille.

Quelqu'un se pencha et d'un coup l'attrapa des deux mains. Le gros poisson se défendit, se débattit, frappant l'eau de ses nageoires. Il n'était pas facile à tenir.
Mais quand on a faim comme Quelqu'un, on n'abandonne pas facilement.

Quelqu'un tomba dans le ruisseau et glissa sur les pierres lisses au fond de l'eau. La tête sous l'eau, il faillit perdre sa casquette dans le courant. Mais quand Quelqu'un sortit du ruisseau, il tenait toujours dans ses mains le grand poisson bien gras. Il chercha du bois mort et fit un feu. Il saupoudra le poisson du sel qu'il avait dans sa besace. Il chercha des herbes dans le pré. Il trouva toute une poignée de romarin, de sauge, de genièvre, de sarriette. Il fourra le tout dans le ventre du poisson qu'il fit griller, et le grand poisson bien gras devint brun et croustillant. Sa chair était blanche comme neige. Les meilleurs cuisiniers des restaurants les plus huppés du monde auraient envié

Quelqu'un pour son poisson !
Celui-ci mangea le grand poisson bien gras jusqu'au dernier petit morceau. Il était à tel point rassasié, le ventre si plein, qu'il ne pouvait plus bouger.
Il dormit deux jours et deux nuits dans le pré. Et lorsqu'il eut dormi tout son soûl, il était encore rassasié, avec le goût exquis du poisson dans la bouche, et son fumet délicieux dans les narines.
Quelqu'un était heureux.

Un jour que l'automne commençait à poindre, Quelqu'un, assis au bord de la route, mangeait un melon. Il vit approcher un homme.
Il venait du nord, du pays du Guten-tag. L'homme avait un

manteau rapiécé et des trous à ses chaussures. C'était quelqu'un pareil à Quelqu'un. Il s'arrêta devant lui, montra les montagnes au nord et dit : « Là-bas il fait déjà très froid. Les gens font déjà brûler du bois dans leur poêle. »

L'homme qui était pareil à Quelqu'un continua son chemin, et Quelqu'un se tourna vers le nord. De quoi avait l'air maintenant le pays du Guten-tag ? Y avait-il encore des feuilles aux arbres ? Le soleil de midi était-il encore chaud ? Y avait-il encore des fleurs ? Et la femme ronde comme une toupie ? Chauffait-elle déjà son poêle ou se tenait-elle près de sa cuisinière ? Quelqu'un se sentit soudain très pressé. Il ne voulut plus perdre une minute. Il sortit son vieux pull troué de sa besace et l'enfila par-dessus sa chemise. Il enfonça sa casquette et laça ses chaussures bien serré. Il enroula deux fois son écharpe autour du cou en croisant les pointes sur sa poitrine.

Tout ça lui tint bien chaud. Ainsi enveloppé, Quelqu'un passa les montagnes sans encombre.
Au pays du Guten-tag, il n'y avait plus une feuille aux arbres. Les corneilles sautillaient dans les champs couverts de chaume. Le ciel était gris et la fumée qui s'échappait des cheminées le rendait encore plus gris. Quand Quelqu'un arriva, la femme ronde comme une toupie était dans son jardin.
Elle suspendait des draps à la corde à linge. Les rectangles blancs flottaient au vent.
Pour Quelqu'un, ils étaient pareils à des voiliers sur la mer.
L'apercevant, la femme ronde laissa échapper le drap qu'elle tenait à la main. Elle poussa un cri. Non pas

un cri d'effroi, un cri de joie. Elle courut vers lui et lui sauta au cou. Quelqu'un eut un sentiment très agréable et la femme ronde aussi. Elle cuisina pour lui des haricots au lard et chercha du vin à la cave. Elle fit du feu dans le gros poêle en faïence vert.

Un jour, la femme ronde découvrit qu'elle allait avoir un enfant. Elle se réjouit et continua à s'arrondir de jour en jour.
Le soir, quand ils étaient au lit, Quelqu'un posait sa main sur le ventre de la femme. Il sentait parfois l'enfant remuer. Quand Quelqu'un était assis devant le poêle pour se réchauffer le dos, il lui arrivait d'imaginer l'enfant.

Il se figurait une grosse petite fille blonde avec des yeux bleus.
Quand l'enfant se glissa hors du ventre de la femme ronde, Quelqu'un fut très étonné.
L'enfant n'avait pas les yeux bleus et pas de boucles blondes. Il n'était pas gros non plus – c'était un petit être minçolet, aux cheveux noirs, aux yeux bruns et aux bras maigrichons, et il avait l'air d'être gelé.
« C'est une petite fille ? », demanda Quelqu'un.
« C'est un Paul », dit la femme ronde.
« Est-ce que tous les Pauls sont comme ça ? » s'informa Quelqu'un.
La femme ronde eut un sourire de fierté et dit : « Tous les Pauls ne sont pas aussi beaux ! »

Quelqu'un chantait souvent des chants à petit Paul ; il est vrai qu'il s'était exercé dans les églises rouges. Quand la femme ronde chantait à petit Paul « Dors, mon enfant, dors », celui-ci se mettait à pleurer. Mais quand Quelqu'un lui chantait « La mère du Christ se tenait au pied de la Croix, pleine de douleur... », petit Paul riait aux éclats. Et quand Quelqu'un lui chantait une chanson dans la langue du pays du Buenos-dias ou celle du Bon-jour, le petit Paul riait encore plus fort.

Et petit Paul voulait qu'on lui chatouille les plantes des pieds. Et petit Paul voulait qu'on le porte à travers le jardin.

Et seul Quelqu'un était capable de faire une raie dans les quelques cheveux de petit Paul.

Quelqu'un se disait que petit Paul avait décidément bien besoin de lui.

Quelqu'un et la femme ronde allaient souvent promener Paul dans sa poussette. Les gens se réjouissaient de voir Quelqu'un avec la femme ronde et petit Paul. Ils ne craignaient plus pour leurs œufs et leur raisin. Quelqu'un était maintenant avec la femme ronde, et celle-ci avait suffisamment d'œufs et de raisin.
Les gens ne disaient plus non plus : « Il y a quelqu'un qui vient » ou « Il y a quelqu'un qui passe ».

Les gens disaient maintenant :
« Voilà le père de Paul qui vient » ou
« Voilà le père de Paul qui passe ».
Et quand quelqu'un lui demandait
son nom, ce qui maintenant
n'arrivait plus aussi rarement,
Quelqu'un répondait : « Appelez-moi
Paul, comme mon fils. »
Et maintenant certains disaient à la
femme ronde « Madame Paul ».

Mais quand vint l'automne, que le raisin sur la tonnelle fut mûr et que les feuilles du poirier tournèrent au rouge et au jaune, Quelqu'un devint morose. Et quand le raisin fut cueilli et qu'il ne resta plus que deux petites feuilles sur le poirier, Quelqu'un était devenu pâle et maigre de tristesse. Quelqu'un avait froid. La femme ronde pouvait empiler autant de bois qu'elle voulait dans le poêle, Quelqu'un, assis à la fenêtre, frissonnait. Parfois il disait : « Toutes les hirondelles sont déjà parties au sud. » Ou bien : « Il va bientôt neiger. » Il avait l'air si malheureux en disant ça que la femme ronde en avait presque le cœur brisé.
Et comme elle ne voulait pas avoir

le cœur brisé, elle mit un jour trois saucissons, une douzaine de poires et un gros morceau de fromage dans le sac de Quelqu'un, et lui dit : « Voilà ! Mets ton sac sur le dos et va-t'en ! On se débrouillera très bien tout seuls pour passer l'hiver ! » Elle ajouta : « Certains sont malheureux de devoir partir, d'autres sont malheureux de devoir rester. » « Et toi ? », demanda Quelqu'un. « Je fais partie de ceux qui aiment rester », répondit la femme ronde. Elle tendit le sac à Quelqu'un et celui-ci le mit sur son dos. « A l'été prochain », dit-il en quittant la maison, descendant le chemin qui menait au Dobar-dan, au Kalimera, et à d'autres pays encore pour lesquels il aurait à inventer des noms.

La femme ronde se tenait devant la maison, avec petit Paul sur son bras.
« Il va revenir », lui murmura-t-elle, « c'est sûr et certain qu'il va revenir ! Mais quand on veut revenir, il faut d'abord s'en aller. Pas vrai ? »

Paul était encore bien trop petit pour comprendre ce que la femme ronde venait de lui dire.
Il fit néanmoins oui de la tête et rit aux éclats.

GOETHE-INSTITUT

Nous remercions pour son aide financière à la traduction
de ce livre le Goethe-Institut fondé par le Ministère
des affaires étrangères allemandes.

Les Editions La Joie de lire sont au bénéfice
d'une bourse d'aide à une maison d'édition
du Département de la culture de la Ville de Genève
pour les années 2009 et 2010.

Titre original : *Einer*

5 chemin Neuf - CH - 1207 Genève
ISBN : 978-2-88908-061-8
Dépôt légal : février 2011
Imprimé en Chine